夜景座生まれ

最果タヒ

新潮社

もくじ

夜景座生まれ

流れ星

本当にぼくは孤独だ、と言ったときの、
本当に、は、だれに証明するための、もので、
だれがぼくの孤独を疑ったのか。(だれも疑っていない、
だれもが聞き流している、川が流れている、
ぼくを聞き流している、
春の水が夏の水になった瞬間をぼくも知らない、
水はみんなぼくを聞き流して簡単に海に行ってしまう。)
さみしいって言えよ、とだれかが言った。
腹が立って、ぼくはさみしいと叫んだ、
だれももうさみしいという言葉を使えないぐらいに
うつくしく叫んだ。そうやって人類は、歌を発明しました。
ぼくは、心がなくて、
きみにはあるから、きみはぼくにそれをちょうだい。
人類はそうやって、愛を発明しました。

約束

わたしの、
女の子だった部分はぜんぶ、風船だった、
手を離したら飛んでいった、
空が青いことに見惚れたら、見失った、
でも空もまた、真実だった、
空に吸い込まれて、
わたしの女の子は真実となって、
わたしの手の届かないところへ。
きみが触れられるのは、わたしだけだよ、
あれは神さまの領域。
愛しても、
きみはわたしを手に入れられない、
あれは神さまの領域。

傷痕

すこしでも触れられたら裂けてしまいそうな傷口が、
ぼくそのものだと気づいている?
きみの前で、ぼくは、
触れられたくてたまらなくなる。
痛みが美しいだなんて言わない、
ぼくはただ、きみを求めていた。
血や、叫びが、ぼくから流れ出して、
ぼくはそれでも、きみの掌に包まれたかった。
傷口が、ひどくさみしい。
誰よりもぼくを深く傷つけるひと、
きみの手はあたたかいと、ぼくは早くきみに言いたい。

36℃

ぼくの恋人は（ぼくに恋人はいないが）（水色や白色の混ざった景色を見ていると、それでもいるような予感がして、というより、ぼくの恋人は、と語り始めることが許されているように感じる、そこに具体的な人間がいなくても、想像の中にある一言や、一つの動きだけであったとしても、それだけで語り出すことが許されているように感じる、愛するとは、なんなのかについて、虫も葉も水も興味がないのに、こんなにも主題となって、人間の呼吸、人間の木漏れ日、人間の波に変わっていき、ぼくはぼくが恋人を得るまで、人間というものを自然の景色のひとつとして捉えられない気がしている）

愛することで解決するんだろうか
誰かを愛することで解決するんだろうか、だとしたら今のぼくの頭の中の方が、ずっと幻で、ぼくのいやしない恋人よりもずっと幻で、ぼくは、人を失いたい自然界の、見る夢みたいじゃないか。

（ぼくの恋人は）
いいえ、ぼくはいないのだけれど
（ぼくの恋人は水色や白色の景色をみつめて、孤独で仕
方がないのに生きるのは誰かと恋をしているからだろう
かと思った、でも恋人はこれからもずっと、ぼくに出会
うことがない）

（ぼくの恋人は）

墓標

本当にきみは女の子だったのか、覚えていなかった、
花は覚えていた、草は覚えていた、
砂場は覚えていた、石垣は覚えていた、
まつげの先に絡まった糸くずは覚えていた、
白いサンダルは覚えていた、
でもみんなきみと一緒に死んでくれるわけではなかった、
100年後でも20年後でも。

花は散るから美しくて、砂場は懐かしく、
色あせたサンダルが沖へと流されていくのがみえる、
きみとは、違う人生を生きている。
ここに、ぼくがいて、きみのことを今から知る、
なにひとつきみの過去を覚えていない人間が、
これから、ここで生きることが、無性に美しくみえるなら、
きみも、きみのことを忘れていける、
100年後も1000年後も。

母国語

話し声のために、ぼくは黙る、きみが話す、
きみの家族が話す、きみの友達が話す、
きみの敵が話す、きみの恋人が話す、
ぼくは黙る、
血の中にあるのは血が海だった頃の記憶、海が川だった頃の記憶、
流れていた小川に、詩を書く人が立っていて、秋の小川について詩を書いた、
ぼくのなかにある花束を、ぼくは差し出したいだけだった、
身体に触れてほしいわけでもなかった、
声を聞いてほしいわけでもなかった、
声を届けてほしいわけでもなかった、
ぼくはぼくの体の中にずっと入れている花束を差し出したかった、
それを守るためにどれだけ、気をつけて生きているのかあなたは知らない、
苛立たないで、と言われる、
何に怒っているの？と問われて、
ぼくは、全人類が怒り狂っていると感じた、
きみはぼくを嫌いなんだろう、そうわかっても、
傷つかない部分があって、そこには花が密集している。

愛という言葉の意味を知らないが、
使い続け使われ続けていつの間にか、
手を伸ばせばそこにある言葉になった。
あなたはそれを詭弁と言うが、ぼくは神様がこの世界を作るとき、
同じ感覚だったに違いないと、思っているんだよ。
海と言っていたらいつのまにか、
海に触れていた、
花と言っていたらいつのまにか、
花に触れていた、
ぼくはぼくの命を宝物だと言いながら、
生き続けている。

話し声のために、ぼくは黙る、きみが話す、
きみの家族が話す、きみの友達が話す、
きみの敵が話す、きみの恋人が話す、
ぼくは黙る、
きみの花束を見せてもらいたくて。

2020年生まれ

ぼくが戦おうとするとき、飛び散る破片や声についてきみは同じように傷ついて、目を耳を塞いでしまう、それは恐れているだけなのだ、きみはきみの肉体でもないのに、ぼくのことを止めようとする、そんなふうにきみはまた違う形で戦っていて、ぼくはその姿を見て、きみと同じように傷ついている、恐れているだけなんだ、ぼくは最初に立ち上がるわけでも最後に立ち上がるわけでもなく、多分もうぼくの肉体としてここに立つことすらできていない、生きていることが何らかの価値を生むなんて事実だけど期待はできなくて、戦う必要なんて何一つないと言える人間はとても綺麗に見えるし透き通ったものはなんだってきれいだ、でもぼくは海でも川でも氷でもないし、透き通れば透き通るほどお腹が空いて人肌が恋しくなる、愚鈍な話だと思いますか、これはぼくがぼくでなくなっても人間であることから逃れられないことの痛みの問題で、そこまでして生きる意味って何？と聞かれるたび知るかよって思う、生まれたんだから生きてんだよ、ぼくは戦うしかできないんだ、愛しているより先に、音楽より芸術より先に、教えられたまっさらな槍はもう投げ出されて、空を飛び、あれがぼくだと信じることでしかぼくは美しいものを美しいと思うことすらできない。馬鹿げているだろうか、きみだけは絶対そうは思わない、目と耳を塞いだ先に、同じ姿のきみが見えるよ。

人間がいなくなることは、蝶がいなくなることでもあったんです。

そんなことは信じられなかった、ぼくは人のほとんどいない島で蝶ばかりが飛んでいる獣道を歩いたことがある。空の蓋がひらいたとしても、蝶だけはこの地に残りそうな気配がしていた、右手と左手をかさねても、蝶にはならない、そんなものはどこにもないし、それをみてくれる人間ももういない。

ぼくたちは蝶の栄養だったのだろうか、ぼくたちがいなければ、羽化さえできない虫だったのか。そんなことは信じられなかった、ぼくなど関係がないかのように生きていたあの子は、ぼくが生きていたって、消えてしまったじゃないか。

一人生き残ることすら当然のように思う。そんな孤独があるのだと、通学途中のバスで読んだ本には書いてなかった。誰よりも先に死ぬはずだとしか、書いていなかった。

星を飲み込んだきり、光っている鯨。

いつか夜になるために、光っている鯨。

私が手を合わせている時、どこかの家は必ず停電となる。

雷が落ちる時、二人の人間が目を閉じている、くちづけをしようと。

契約、結婚、魔法、理屈、すべてを電流が操ることを、私は知らない。

知らないからあなたにも、私にも心があると誤解する。ビビッときましたと、手を差し出す見合い相手のなかに残る電流を握手で受け取り、今日から二人、ブレーカーが落ちるまでの愛。

ブレーカーの詩

宇宙戦隊

お前じゃないよ、今から撃たれるのは。だから安心していいよ。なんの話かわからないが、そう言われて泣きたくなる、つまり誰かは撃たれるの？誰も返事をしない、わたしのことじゃないからだ。地球が滅びるならわたしにも連絡がある。隣人は突然死ぬ。マンションはだから怖いし、でも家だって、ほとんどの家は隣に近い。

接近してくる彗星の中に乗っている微生物は、新たな知的生命体を作るために増殖していて、わたしはそいつが全てに失敗したとしても知ることもないのだ、こんなにも悲劇は多いのに、わたしは割れてしまったコップのことが悲しいのです。テレビで陰惨な話をしている、ワイドなショーとして。

25世紀の今においてはこういうとき呪文を唱えます。「愛しています、わたしもです。あなたとならどこまでもいける気がするの。愛があればどんな恐ろしいことにも、耐え続けることができるでしょう！」麻薬のようですね。麻薬のように、こう言って地獄を受け止めるしかなかったひとは無数にいて、だからと言って地獄は周囲も巻き添えにしました、愛していても愛で愛したひとは救われません、愛は子供を生むことはあります、子供を育てる理由にもなります、愛はそれしかできません

がそれしかできませんがみんな子供だったので、そのことに無限の可能性を感じる、
海を見て泣くのと、完全に同じです。

海は美しいです、
夕焼けも美しいです、
あなたも美しいです、
空も美しいです、
腹が立ったら殴ります、
戦争も起きています、
海は美しい、
愛は美しい、
どうして産んだのなんて言える年齢でもなくなったからな。
そう言っているんだよ。

空は美しいです。
宇宙に行きたい。

21歳

怒りはいつも満塁で、バッターボックスに立っている、
私は軽い気持ちで飲んだジュースがおいしくなくても、
生きていける、つもりだった、
愛されなくて激怒っていうのは、
やりすぎじゃないかって、わかっています、
悲しみと呼ぶことにした、だから、悲しみと呼んで、
足元にあった空き缶を蹴り飛ばす、
夕日の奥に大きな白い歯が光って見える、
そいつは缶をペロリと飲み干して消えていった、
誰よりも怒り狂っているつもりだった私は、
カバンもスーパーで買ったペットボトルも、
全部拾って抱きしめて、
逃げ出した、

植物の細胞がぴくぴくと水を飲み続けていることを、
私は見ることができない、
だから、

私が怒り続けていることも誰も見ることができない、
私は、綺麗にならなくてはとおもった、
いい女にならなくてはとおもった、
地平線の向こう側で、ぼりぼりと大地が食べられている音がする、
感受性が捉えたものなど忘れて、
いい女として走り続けなくてはとおもった、
夜はいつも、皆殺し。

ピアニカみたいな欲望

隣のクラスの佐藤くんは、
いつか誰もいない地上に立ってみたい、
どんな雑草が自分の住む下宿の庭には生えてくるのか、
見てみたい、
友達はいないけれど精神的な問題は何もない、
へんなやつだと言われることは多いけれど、
それは自分が聴いているパンクのせいで、
自分ではなくこのミュージシャンがへんなんだよ、
ぼくはいなくてもいい、
ヘッドフォンからの音漏れがぼくであるとして、
何の問題もなく毎日は続く、
時々女の子に会いたくなって、近くにいる子に話しかけると、
彼女はとても不快そうで、
ぼくは腹を立てて、
逃げるように部屋に帰る。
こんなときだけ自分の部屋がとても安らぐと思う、
ぼくの体を撃ち抜くような雨が降ってこないか、

天井も撃ち抜いて、ぼくの内側に水たまりを作ってほしい、
それをこぼしてはいけないからと、もう永遠に、
動かないと誓うのに。
ぼくのなかには、夏休みに車道横を走っていた、
7歳の8月7日のぼくがいて、そいつはまだ走り続けている、
そのせいでどうしても、朝、外に出て行ってしまうんだ。

築20年1LDK

砂場へと、静かに落ちていく砂つぶは空から来ていて、
この星は砂時計、そういうことを想像して、
いつか砂に埋め尽くされる街を想像する、
けれどそこまでになるにはあと2000年がかかるから、
ぼくらは普通に暮らす、そういうのは狂っているけれど、
それでもいいと思う、ぼくらは普通に暮らす、
普通に暮らしたくて仕方がなかったから、
普通に暮らしたくて仕方がなかったから、それ以外は、何も、
いらない、落ちてくるはずだった隕石は破裂して、
砂つぶにかわる、またゆっくりおちてくるけれど傘をさして、
雨がはげしいねといった、
きみは本当はほかのひとがすきだけれど、
ぼくをすきだといった、
スーパーで買ったオレンジは
大きく育ちすぎたみかんだったけれど、それでよかった、
ていねいに会話をすることで、
ぼくはやさしいひとだということになった、

すべてが埋め尽くされていくなら、
きちんと、平均的な化石にならなくては。

あるひ生まれたばかりの子犬を育てることになって、
ぼくらは急に欲深くなる、
砂は落ちてきてほしくないし、
きみには愛されたいし、
こんな犬、生まれてこなければよかったのにと、愛しながら思う。

天国手前

録音されたギターの音は、
１００％ジュースみたいな、純度で聞こえたけれど、
それはどんな音源より偽物だった、
そんなふうに普通は聞こえないよ、
だって、私と楽器の間にはいくつもの空気と、
微生物と吐息が混ざっている、
わたしは曇りガラスごしに聞いていた音楽を愛している。

どうしても会えない気がして、走って、走って、
そういえば誰に会いたかったんだっけと気づいて、
それでももう止まり方がわからない、
生きているうちに手に入れるのは加速ばかり、
そうやって人を愛せるようになるのだ、人は、弾丸のように、
そうやって、大気圏に突入、するように神話に突入し燃え尽きる、
いつか私たちが神様になったら、
ちゃんと愛し合いましょう、
目を見て語り合いましょう、

いまは神様を目指してわたしたち、
見つめ合うこともできない、
せめて耳で語り合うために、心臓は、高い音が鳴る、
ギターは遠くから鳴る、きみにも、私にも、名前があるね。